A Arte de Lembrar

Em 1984 lancei um livro com um monte de desenhos sobre corrupção na política.

Eram coisas deste tipo

O SR. É DO ESCÂNDALO DA MANDIOCA?

NÃO. EU SOU DO ESCÂNDALO DO INHAME.

SE FOR O DA BATATA-DOCE É COMIGO MESMO.

Hoje continua tudo igual... a única diferença é que naquele tempo os caras roubavam em ... cruzados? Cruzeiro novo? ... Não me lembro.

QUANTO VOCÊ QUER PRA ME DEIXAR DE FORA DESSE DOSSIÊ SOBRE O MAR DE LAMA?

HMMM...

Eu me lembro é que, para divulgar o livro, fiz o que todo mundo fazia e faz até hoje: mandei exemplares para várias celebridades e "formadores de opinião".

Poucos dias depois recebi um envelope de um tal de Andrade.

* "Rio, 15 de agosto, 1984. Reinaldo: foi bom percorrer as páginas de Escândalos Ilustrados e sentir, através dos desenhos, quanto a caricatura ajuda a clarear os fatos e formar juízos sem preconceitos. Obrigado pelo oferecimento do volume, o abraço do Carlos Drummond"

Copyright © 2014 by Reinaldo Figueiredo

Todos os direitos desta edição reservados à
EDITORA OBJETIVA LTDA
Rua Cosme Velho, 103
Rio de Janeiro — RJ — CEP 22241-090
T. (21) 2199 7824 | F. (21) 2199 7825
www.objetiva.com.br

Capa e Projeto gráfico
Marcelo Martinez | Laboratório Secreto

Produção Gráfica
Marcelo Xavier

Revisão
Eduardo Rosal | Joana Milli

Os desenhos do início e do fim do livro foram publicados na revista *piauí*, ilustrando a seção Tipos Brasileiros. Os desenhos das páginas 14 a 19, 70 e 71 também foram publicados na revista *piauí*. Os desenhos das páginas 62 a 65, 67 e 76 foram publicados na revista *Playboy*. O da página 44 foi publicado na *Revista de Jornalismo ESPM*, e os das páginas 77 e 90, na revista *Jazz+*. Todos os outros desenhos foram publicados no Segundo Caderno do jornal *O Globo*.

```
CIP-BRASIL. CATALOGAÇÃO NA PUBLICAÇÃO
SINDICATO NACIONAL DOS EDITORES DE LIVROS, RJ

R289a
    Reinaldo (Cartunista)
    A arte de zoar / texto e ilustração Reinaldo. - 1. ed.
- Rio de Janeiro : Objetiva, 2014.
    il.
    144p.    ISBN 978-85-390-0605-2

    1. Caricaturas e desenhos humorísticos. I. Título.

14-12184                    CDD: 741.5
                            CDU: 741.5
```

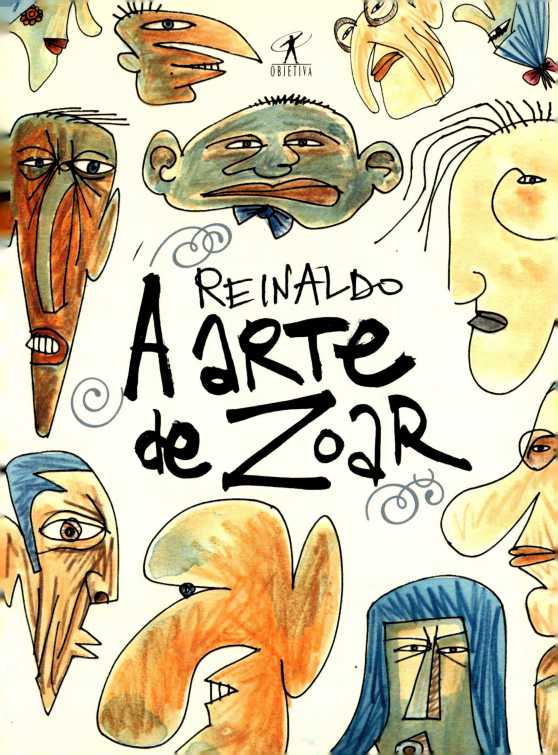

Antigas ideias, novos ideais
p.14

Nada como um século depois do outro
p.20

A pobremática da informática
p.36

Perdidaço no espaço
p.50

Moda, saúde, beleza e lipoesculturas
p.53

Gastronomia, eu quero uma pra comer
p.66

Carnaval é uma coisa tão importante que...
p.72

Desenhando por música e de ouvido
p.76

Os diários de Leonard Plume
p.92

Um país se faz com homens, mulheres, gays, simpatizantes e livros
p.112

As desventuras de Zelma & Ozires
p.118

Troféu "Os Piores do Ano"
p.134

Antigas ideias, novos ideais

Nada como um século depois do outro

Esta é a nossa homenagem a dona Cecilia Giménez, uma espanhola octogenária que, em 2012, sacudiu o mundo das artes plásticas com uma intervenção de vanguarda numa obra de arte sacra do século XIX. Artista iconoclasta é isso aí...

A pobremática da informática

Isso aí aconteceu na semana em que Steve Jobs foi para a nuvem.

Perdidaço no espaço

Moda, saúde, beleza e lipoesculturas

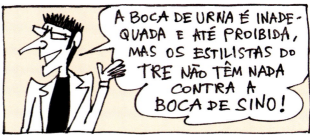

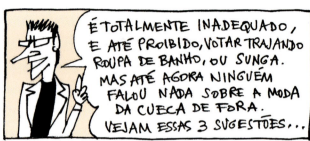

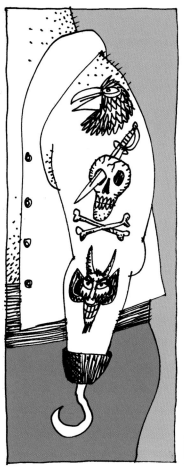

Fique ligado nas novas tendências da lipoescultura...

A loba de Roma

Estátua do Drummond

Gastronomia, eu quero uma pra comer

A Alimentação saudável pode salvar sua vida!

No coração da África, uma tribo de canibais se prepara para degustar um fotógrafo.

De repente, surge o nutricionista da tribo...

Quantos programas de culinária ainda cabem na TV a cabo?

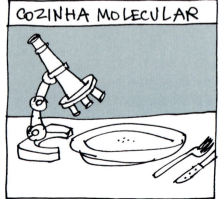

Vinhos portugueses que ainda vamos provar

Carnaval é uma coisa tão importante que...

Carnaval é uma coisa tão importante que todos os jurados do quesito Evolução deveriam ser darwinistas.

Desenhando por música e de ouvido

Alguém aí se lembra dos emos? Por onde andam os emos?...
Será que eles são pássaros ameaçados de extinção?...

Os Diários de
LEONARD PLUME

(crítico de jazz
da revista DOWN BITCH)

Montreal, 29 de junho de 2004.
Entrei num elevador e estava lá a
Diana Krall cantarolando baixinho
a sua versão de Garota de Ipanema...

TALL AND TANNED AND YOUNG
AND HANDSOME, THE BOY
FROM IPANEMA GOES
WALKING...

MÚSICA DE
ELEVADOR
É ISSO AÍ.

La Paz, maio de 2008.
Começou a crise do gasoduto boliviano.
De noite eu tive um pesadelo:
Evo Morales construía um _jazzoduto_
e o Brasil se tornava dependente
do fornecimento de jazz da Bolívia...

New York, 3 de novembro de 1984.
Tinha marcado uma entrevista com o Art Blakey. Fiquei um tempão tocando a campainha, mas ele não abriu a porta. Será que ele ouviu?

Rio, 13 de agosto de 2005.

Quando cheguei em casa deu tempo de ver um homem nu saindo pela janela levando o meu LP Giant Steps autografado pelo John Coltrane. Sem dúvida, o cara era um amante do jazz...

India, dezembro de 2011.
Fui chamado para ser curador do
Festival de Jazz do Deserto do Rajastão.
Programei um show do grande saxofonista
Sopra NavaRanda. Mas o
público do deserto, muito
primitivo, não queria
música
instrumental.

CANTA "AI, SE EU TE PEGO"

Em 2011 essa música, "Ai, se eu te pego", estava tocando em todos os recantos mais remotos do planeta. Quem cantava era o Michel Teló?... Michel Teló?... Michel Polnareff?... Não me lembro...

Los Angeles, 13 de outubro de 1999.
Não deu para evitar. Tive que ir
a um dentista.

TÁ' COM MEDO?

NÃO. É ESSE KENNY G.
NO SOM AMBIENTE...

FÓ-FÓ
RI-FÓ
FON...

EU POSSO DAR
UMA ANESTESIA
NO OUVIDO.

Londres, outubro de 2007.
Consegui uma entrevista com Amy Winehouse, que passava por um momento difícil...

Foi uma entrevista reveladora.
           Ela botou tudo pra fora.

29 de agosto de 1970, Festival da Ilha de Wight. Antes do show, vi o percussionista Airto Moreira explicando pro Miles Davis que berimbau não é gaita.

Um país se faz com homens, mulheres, gays, simpatizantes e livros

As desventuras de

ZELMA&OZIRES

*Por algum motivo, entre fevereiro e junho de 2013, eu psicografei
essa história em quadrinhos. Alguém desenhei, não sei quem fui...*

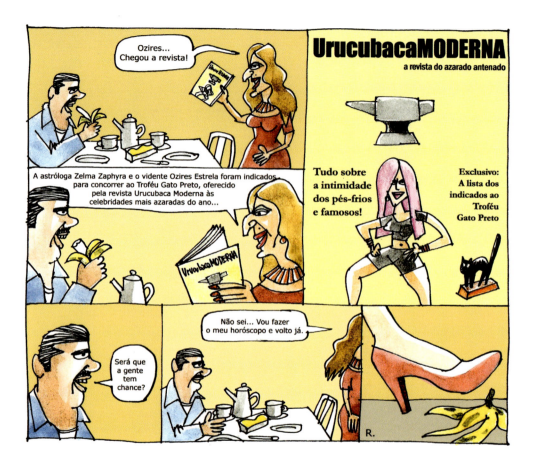

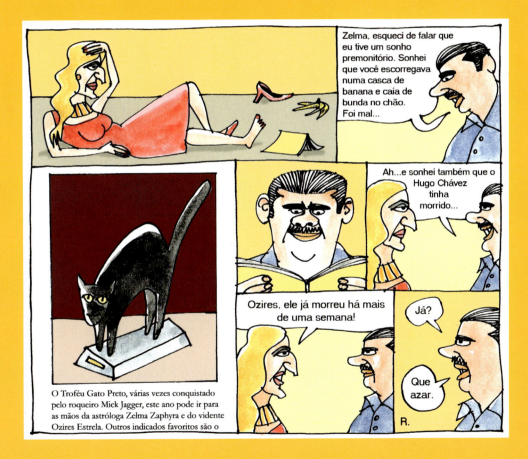

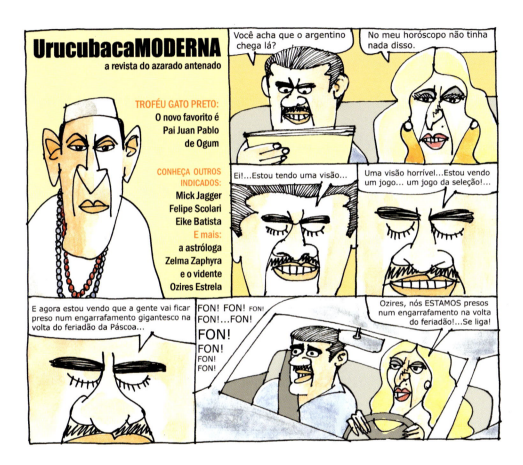

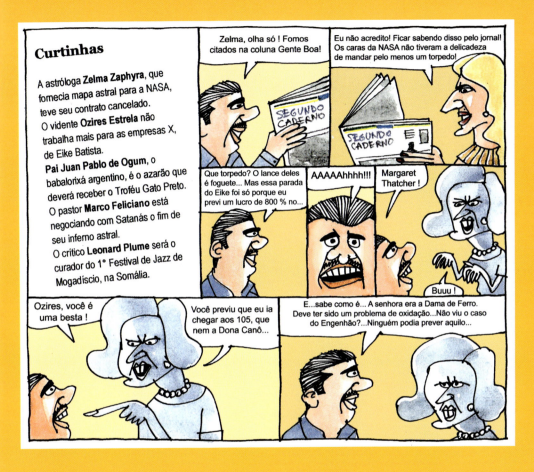

Os Diários de LEONARD PLUME
(crítico de jazz da revista DOWN BITCH)

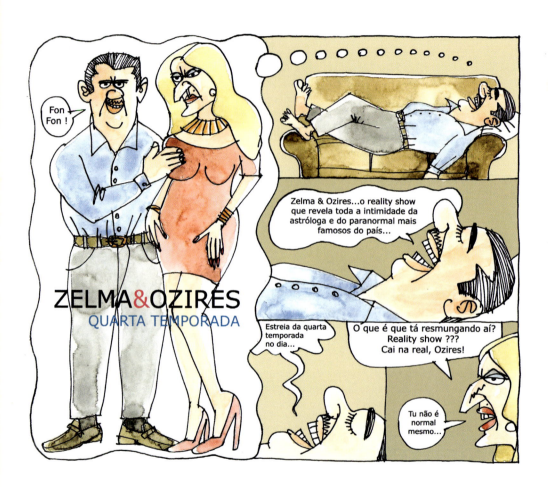

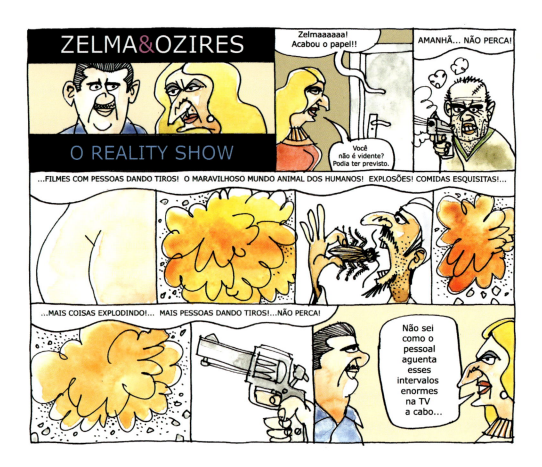

Troféu "Os Piores do Ano"

Este livro foi composto na família tipográfica Filosofia e impresso
em papel couché matte 150g/m2 pela Geográfica, em agosto de 2014.